3327

ye

ye

3327

L'ALLEMAGNE.

Hymne National,

Dédié à M. Guizot.

PAR J. B. LECLÈRE FILS, D'AUBIGNY (Cher).

A PARIS,

DE L'IMPRIMERIE DE CRAPELET,

RUE DE VAUGIRARD, N° 9.

Septembre 1832.

3327

L'ALLEMAGNE.

##

A

M. GUIZOT.

Monsieur,

Vous avez accueilli mes deux premiers chants avec une bienveillance dont le souvenir me fait un devoir de vous offrir l'hommage de ce troisième hymne national.

Au milieu de l'indifférence générale qui semble repousser aujourd'hui toute production dont le but est généreux, vous êtes du nombre de ces grandes célébrités qui m'ont encouragé. En osant m'adresser à vous, je les remercie du fond du cœur.

Obscur comme je le suis encore, essayant ma voix dans le tumulte actuel des hommes et des choses, pour me faire entendre, où frapper si ce n'est aux célébrités qui personnifient ma foi politique : à mes yeux, Monsieur, vous incarnez en vous leur opinion, qui est la mienne.

Un tel aveu n'aura sans doute aucun poids chez les hommes : la naïveté de mes paroles ne suffit pas ; il me faudrait ce qu'ils appellent des actes : les actes ! ils sont encore à naître pour moi, car je ne date que d'hier à la vie du monde.

Ma Muse, amante de la Patrie, ne l'a encore chantée que deux fois. Elle a prélude sur le mode de l'indignation ; mais elle redescend, et veut désormais se renfermer dans cette tolérance qui caractérise le

Juste-Milieu ; ce Juste-Milieu dont l'idée féconde n'embrasse pas seulement, comme le cercle égoïste d'une république, les destinées d'un peuple, mais l'amélioration progressive de tous les peuples, selon la progression pacifique du temps et des mœurs.

C'est la doctrine qui se réfléchit dans ce chant sur l'Allemagne. Aussi, c'est à vous que je le consacre, à vous qui; le premier, l'avez mise en usage cette doctrine salutaire, non seulement à la tribune dans vos éloquens plaidoyers, mais durant votre ministère, lorsque le premier vous avez tenu le timon au milieu de la tourmente plébéienne.

Aujourd'hui, si la surface est calme, les entrailles bouillonnent. Que la société française continue sa marche pacifique, je la saluerai de loin, du fond de mon obscur travail.

Que les catastrophes révolutionnaires menacent le vaisseau qui porte la France et sa fortune, je ne demande qu'à être reçu à son bord pour mêler le cri du poète aux voix éloquentes de la manœuvre, le sort du mousse obscur au sort de l'illustre équipage.

Grâces à Dieu, ma Muse n'a pas à rougir de plusieurs baptêmes ! née aux rayons de juillet, elle n'a fêté qu'un berceau.

Qu'il vienne à périr ce berceau, qui ne compte que deux ans, j'arracherai de mon luth la corde politique et la jetterai au naufrage.... Car s'il est beau d'être fidèle à la vie, il est sublime d'être fidèle à la mort.

Je suis, avec un profond respect, pour votre noble caractère, Monsieur et honorable Député,

Votre dévoué serviteur,

J. B. LECLERE.

L'ALLEMAGNE.

I.

Sur ses vieux fondemens la Royauté chancelle.
La mine populaire a reçu l'étincelle;
De la base au sommet l'Europe a tressailli.
Comme dans un chaos, les hommes et les choses,
Les effets révoltés en lutte avec les causes
Fermentent dans ce corps vieilli.

Tout dogme social respire l'hérésie.
D'où naît des libertés l'ardente frénésie?
Tout peuple frémit-il comme un coursier au frein?
Non! les jougs sont levés, l'orgueil royal s'incline;

La loi! la loi seule domine,
Et ne relève plus du sceptre souverain.

Comme à l'ouvrier son salaire,
L'aumône au mendiant qui demande toujours,
Les Rois ont jeté de nos jours
Droits, chartes, libertés, à la faim populaire.

II.

Le peuple!.... c'est la mer aux abîmes sans fond ;
C'est le flot comprimé qui ronge ses rivages.
Il bouillonne, engloutit ses digues d'esclavages,
Et reflux conquérant qui s'élance par bond,
Il va déluvier ses côtes riveraines,
Submerger les vertus, sommités citoyennes
Qui tempéraient son cours génital et fécond.
Puis, il disperse au loin ses lois prostituées ;
Souille les tombeaux des aïeux ;
Et comme à l'horizon l'Océan furieux
Jaillit en longue vague et fouette les nuées,
Au bout de sa tempête il insulte les cieux.

Le peuple Européen ainsi fermente et gronde.
Comme un astre enflammé qui sous son poids ardent

Fait osciller la mer profonde,
Quelle pensée émeut le moderne Occident?
Colomb nous ouvre-t-il les ports d'un nouveau monde?
Est-ce un enthousiasme inspiré par la croix?
Une migration avide de conquête
Qui fond sur l'Orient le labarum en tête,
Aux cris de gloire au Christ et de vivent les Rois?
Non! de l'antique foi la flamme s'est éteinte.
Le peuple a rejeté cette boussole sainte
Dont l'aimant social le guidait autrefois.

Qui cause ces rumeurs?.... Un colossal athée,
Cyclope gigantesque et difforme Prothée,
La presse!.... Du foyer où ses bruyans fourneaux
S'alimentent d'orgueil, d'ambitions vénales,
Matériaux fondus en laves infernales
        Qu'elle épanche en mille canaux,
Ce torrent qui bouillonne entraîne dans sa route
Tous les môles debout de la société,
Qui pour base éternelle avait la Royauté,
        La foi d'en-haut pour clef de voûte.

III.

Et l'Allemagne aussi répond à ces rumeurs !
    Sous la commotion rapide,
Veut-elle, lasse enfin de ses antiques mœurs,
En rejeter le joug, comme un coursier sans guide ?
Déjà bout dans les cœurs un rebelle courroux ;
C'est la mer qui presse l'orage près d'éclore.
O Peuples d'Allemagne ! il se lève sur vous
Des révolutions ce géant météore ;
Il projette sur vous ses éclairs irrités
Cet astre colossal qui dépeuple et dévore,
Dans ses phases d'orage embrase les cités,
Et tarissant les mœurs, ces sèves de Patrie,
Plane sur des débris, décline, redescend,
    S'éteint dans une mer de sang,
    Sous la nuit de la barbarie.

Comme l'airain fatal du jugement dernier
Des quatre points du ciel épouvantant le monde,
Des voix ont retenti : « Pays libre et guerrier,
« Que sur l'Égalité ton avenir se fonde ! »
Et vaste Briarée aux deux cent mille voix,

Aux deux cent mille bras qui s'agitent sans glaive,
Hambac, comme un seul homme, en frémissant se lève :
« Coup de lumière au Peuple ! et coup de foudre aux Rois ! »
Prends garde ! ce drapeau flottant aux cris de joie,
Qui fascine tes yeux et t'éveille en sursaut,
Cache ces mots de sang sous les plis qu'il déploie :
    « Égalité par l'échafaud ! »

Mais les Princes Germains s'arment de leur diète ;
Ils enlacent leurs nœuds contre un peuple ameuté.
A qui donc la victoire, et pour qui la défaite ?
Le fédéral conclave en vain a protesté ;
Et quand le vent du club menaçant leur puissance
Soulève du Germain l'opaque obéissance,
Un pied contre les flots prêts à les envahir,
Et la paix d'une main, derrière eux une armée,
Ils veulent étouffer la révolte allumée
    Et concéder sans obéir.

IV.

    Prends garde, ô Nation Germaine,
De mutiler encor tes états expirans.
Ah ! libre de vingt chefs, tu verrais vingt tyrans.

Au lieu de cimenter l'unité souveraine,
Disperser en lambeaux les membres du grand corps,
Et la Cupidité, l'Ambition, la Haine,
S'arracher le pouvoir sur des monceaux de morts.
Le Pouvoir ! le Pouvoir !..... c'est un faîte sublime.
Vers cette sommité sur un penchant d'abîme,
Tout cœur ambitieux médite un vaste essor.
Après l'Aigle royal, le Vautour sanguinaire
Vient sur ce Capitole, y suspendre son aire,
Et l'Aigle en le chassant, va s'y rasseoir encor.

Le Pouvoir !..... revêtu de formes inconstantes,
Patriarche d'abord, il régna sous des tentes,
Au foyer de famille, après sur la Cité,
Où l'on vit un seul homme à son sceptre suprême
Attacher tout un peuple; ou tout un peuple même
    Dominer l'Univers dompté.
Le Pouvoir !..... c'est le cœur de la société;
C'est son grand résultat, c'est sa cause féconde !
Tel sur le corps humain domine un front royal,
    Tel sur le grand corps social
Le Pouvoir, Peuple ou Roi, fut la tête du monde.

Le Pouvoir !...... quand ailleurs son avenir tarit,

Sous les neiges de l'Ourse il surgit beau de force.
Sa racine est profonde au sol qui le nourrit;
    La vie abonde sous l'écorce;
Avant que sous la hache il ne tombe frappé,
Que la démocratie, inoculant sa sève,
Ne se greffe à la fin sur son tronc usurpé,
Le géant absolu viable au Nord s'élève.

Là, superbe, il grandit ce pouvoir dominant.
C'est un vaste dragon aux immenses spirales,
    Qui convoite, en les fascinant,
O Germain! tes cités et tes tribus rivales;
Tremble de l'éveiller ce boa qui s'endort,
    Siffle et bondit par intervalles.
Déjà ses longs anneaux se crispent à Francfort;
Garde-toi d'exciter sa colère inquiète.
    Tremble que de l'Hydre du Nord
Ne se dresse en sursaut la plus terrible tête,
    Et que sur tes états tremblans,
    Ne s'ouvre sa gueule altérée,
Toute saignante encor des lambeaux pantelans
    De la Pologne dévorée!

Ne va pas immoler ton naissant avenir.

Vois l'Autriche et la Prusse, avides sentinelles,
    Debout, t'observer et s'unir,
Prêtes à t'enlacer avec tes lois nouvelles ;
    Comme avec ses enfans meurtris,
Laocoon aux nœuds des couleuvres jumelles,
Tu criras : « Au secours ! » Tes frères infidèles
    Ne répondront point à tes cris.

V.

Regarde, écoute : Au Nord, un funèbre silence.....
Au Midi, de Porto la liberté s'élance,
Et l'Espagne chancelle au canon de Pedro ;
Le bronze libéral qui sur Lisbonne gronde,
Annonce Maria, cette étoile féconde,
    Qui se lève sur le Douro.
Regarde l'Italie........ aux bords de ses lagunes,
Comme la mer qui s'enfle et vient baiser ses dunes,
Terrible, elle mugit, retombe et se rendort ;
Impuissante pour elle, ah ! la molle Italie,
    Dans ses fers avilie,
Ne peut te secourir...... L'esclavage est son sort.

Que pourrait Albion ?..... Le trône britannique,

Comme un pied sur le continent,
A chez toi le Hanovre; ô Peuple Germanique,
Là viendrait se briser ton courroux dominant;
D'ailleurs, comme un vaisseau, son île suzeraine
Tient l'ancre, a bien assez d'explorer sa carène,
De surveiller l'Irlande, esquif séditieux,
Qui, prête à déserter l'escadre salutaire,
Secoue avec fureur le câble injurieux
    Qui la remorque à l'Angleterre.

    « France! France! » ont-ils répété.
Oui, comme autrefois Dieu, l'on invoque la France;
C'est le cri de détresse, et le cri d'espérance
    Des croisades de liberté.
Ah! sous quatre-vingt-neuf, étoile généreuse,
La France la première avait déjà tenté
    Cette croisade aventureuse.
Mais de la liberté côtoyant tous les bords,
Passant par tous les deuils et par tous les orages,
Noir de boulets royaux, meurtri de longs voyages,
Chargé d'expérience et riche de trésors,
Son vaisseau pavoisé de trente ans de victoire,
    Superbe, rentre dans ses ports.
Sous la Paix qui féconde, il s'abrite avec gloire.

VI.

Non, ma patrie...... à moins d'un parjure à vos droits......
O Peuples ! n'ira pas, comme une aventurière,
    Jeter des défis à vos rois
    Et provoquer l'Europe entière ;
Ni, cédant aux clameurs des vaines factions,
    Rompre, pour un orgueil frivole,
    L'équilibre des nations
    Dont la France est la métropole.

L'ardente Propagande et le Club frémissant
L'accusent d'égoïsme en évoquant la guerre !
Peuples ! méfiez-vous de leur vaine colère :
Regardez la Pologne ; ils ont vendu son sang.
Avant de secouer les torches des batailles,
Voyez-vous des débris du carnage récent,
    Sur des monceaux de funérailles,
Surgir comme un remords, son spectre gémissant ?

« O leçon mémorable à qui veut être libre !
« La Liberté périt par ses propres excès.
« Mes tyrans consternés m'avaient offert la paix ;

« Je pouvais, triomphante, en asseoir l'équilibre.

« Exige, mais concède » avaient dit mes héros

« Qu'on a stygmatisés traîtres à la patrie.

    « Les traîtres ? c'étaient ces bourreaux

« Qui souillèrent de sang ma liberté flétrie !

« Ils avaient enivré mes fils de leurs clameurs ;

    « Ils criaient : « Victoire ! ou la tombe !

« Que sous les Jagellons le colosse succombe !

« Point de paix ! mort au Czar ! » Le Czar répondit : « Meurs ! »

« Et leur cupidité, pour de l'or assouvie,

« Vendit mon Aigle blanc, qui s'est levé si beau,

« Et livra pour de l'or les clefs de Varsovie,

    « Et Varsovie est mon tombeau !

« Ma chute a retenti de la Vistule au Tibre,

« Et jeta dans l'exil mes restes tout meurtris.

« Je traîne mon linceul sur mes sanglans débris !....

« O leçon mémorable à qui veut être libre ! »

Peuples ! leçon pour vous !.... De votre liberté

Mûrissez l'avenir au sein de l'équité.

Par trop d'emportement toute force s'énerve.

Au centre des excès roule la vérité.

C'est un sage milieu qui féconde et conserve.

Tout extrême est mortel aux peuples comme aux rois.
La Raison doit entre eux fonder un équilibre.
Que l'équité réclame et défende vos droits.....
O leçon mémorable à qui veut être libre !

www.ingramcontent.com/pod-product-compliance
Lightning Source LLC
Chambersburg PA
CBHW061737180626
46818CB00006B/2661